Tucholsky Wagner Zola Scott Sydow Freud Schlegel
Turgenev Wallace Fonatne
Twain Walther von der Vogelweide Fouqué Friedrich II. von Preußen
Weber Freiligrath Frey
Fechner Fichte Weiße Rose von Fallersleben Kant Ernst Frommel
Richthofen
Hölderlin
Engels Fielding Eichendorff Tacitus Dumas
Fehrs Faber Flaubert
Eliasberg Ebner Eschenbach
Feuerbach Maximilian I. von Habsburg Fock Eliot Zweig
Ewald Vergil
Goethe Elisabeth von Österreich London
Mendelssohn Balzac Shakespeare Dostojewski Ganghofer
Lichtenberg Rathenau Doyle Gjellerup
Trackl Stevenson Hambruch
Mommsen Tolstoi Lenz Droste-Hülshoff
Thoma Hanrieder
Dach Verne von Arnim Hägele Hauff Humboldt
Reuter
Karrillon Garschin Rousseau Hagen Hauptmann Gautier
Defoe Baudelaire
Damaschke Descartes Hebbel
Hegel Kussmaul Herder
Wolfram von Eschenbach Schopenhauer
Bronner Darwin Dickens Rilke George
Melville Grimm Jerome
Campe Horváth Aristoteles Bebel Proust
Bismarck Vigny Barlach Voltaire Federer Herodot
Gengenbach Heine
Storm Casanova Tersteegen Grillparzer Georgy
Chamberlain Lessing Langbein Gilm
Brentano Gryphius
Strachwitz Claudius Schiller Lafontaine
Bellamy Kralik Iffland Sokrates
Katharina II. von Rußland Schilling
Gerstäcker Raabe Gibbon Tschechow
Löns Hesse Hoffmann Gogol Wilde Gleim Vulpius
Luther Heym Hofmannsthal Klee Hölty Morgenstern
Roth Heyse Klopstock Kleist Goedicke
Luxemburg Puschkin Homer Mörike
La Roche Horaz Musil
Machiavelli Kierkegaard Kraft Kraus
Navarra Aurel Musset
Nestroy Marie de France Lamprecht Kind Kirchhoff Hugo Moltke
Laotse Ipsen Liebknecht
Nietzsche Nansen
Marx Ringelnatz
von Ossietzky Lassalle Gorki Klett Leibniz
May vom Stein Lawrence Irving
Petalozzi Knigge
Platon Kafka
Sachs Poe Pückler Michelangelo Kock Korolenko
Liebermann
de Sade Praetorius Mistral Zetkin

La maison d'édition tredition, basée à Hambourg, a publié dans la série **TREDITION CLASSICS** des ouvrages anciens de plus de deux millénaires. Ils étaient pour la plupart épuisés ou uniquement disponible chez les bouquinistes.

La série est destinée à préserver la littérature et à promouvoir la culture. Elle contribue ainsi au fait que plusieurs milliers d'œuvres ne tombent plus dans l'oubli.

La figure symbolique de la série **TREDITION CLASSICS**, est Johannes Gutenberg (1400 - 1468), imprimeur et inventeur de caractères métalliques mobiles et de la presse d'impression.

Avec sa série **TREDITION CLASSICS**, tredition à comme but de mettre à disposition des milliers de classiques de la littérature mondiale dans différentes langues et de les diffuser dans le monde entier. Toutes les œuvres de cette série sont chacune disponibles en format de poche et en édition relié. Pour plus d'informations sur cette série unique de livres et sur l'éditeur tredition, visitez notre site: www.tredition.com

tredition a été créé en 2006 par Sandra Latusseck et Soenke Schulz. Basé à Hambourg, en Allemagne, tredition offre des solutions d'édition aux auteurs ainsi qu'aux maisons d'édition, en combinant à la fois édition et distribution du contenu du livre en imprimé et numérique et ce dans le monde entier. tredition est idéalement positionnée pour permettre aux auteurs et maisons d'édition de créer des livres dans leurs propres domaines et sujets sans prendre de risques de fabrication conventionnelles.

Pour plus d'informations nous vous invitons à visiter notre site: www.tredition.com

Relation de l'Islande

Isaac de La Peyrère

Mentions légales

Cette œuvre fait partie de la série TREDITION CLASSICS.

Auteur: Isaac de La Peyrère
Conception de couverture: toepferschumann, Berlin (Allemagne)

Editeur: tredition GmbH, Hambourg (Allemagne)
ISBN: 978-3-8491-3624-6

www.tredition.com
www.tredition.de

L'objectif de TREDITIONS CLASSICS est de mettre à nouveau à disposition des milliers d'œuvres de classiques français, allemands et d'autres langues disponible dans un format livre. Les œuvres ont été scannés et digitalisés. Malgré tous les soins apportés, des erreurs ne peuvent pas être complètement exclues. Nos partenaires et nous même, tredition, essayons d'aboutir aux meilleurs résultats. Toutefois, si des fautes subsistent, nous vous prions de nous en excuser. L'orthographe de l'œuvre originale a été reprise sans modification. Il se peut que ce dernier diffère de l'orthographe utilisée aujourd'hui.

RELATION
DE
L'ISLANDE.

A PARIS,

Chez LOUIS BILLAINE, au second
pillier de la grand' Salle du Palais, à la
Palme, & au grand Cesar.

M. DC. LXIII.

A SON ALTESSE
SERENISSIME
MONSEIGNEUR
LE PRINCE.

MONSEIGNEUR,

Si vostre Altesse Serenissime me fait l'honneur de m'acorder la grace que je luy demànderay quelque jour, d'escrire les Merveilles de sa Vie; je feray son Panegirique en faisant son Histoire: Et la narration toute nuë des esclatantes actions qu'Elle a faites, efacera tout ce que l'antiquité a dit & escrit des plus Grâns-guerriers & des plus Grâns-hommes des siecles passez. En atàndant, MONSEIGNEUR, que j'aye l'esprit ràmply du Genie, qui m'inspire une si haute pànsee; je Vous suplie tres humblement de trouver bon que je die en ce lieu: Que Vos inclinations ne sont pas toutes pour la guerre: Que Vous en avez d'aussi fortes pour les beles letres: Et que l'ardeur incomparable de Vostre Esprit, Vous porte aussi avant dans les sciànces, que cele de Vostre Cœur Vous engage dans les combats.

Trouvez bon aussi, MONSEIGNEUR, qu'en Vous donnant le divertissemànt d'une Relation, que j'ay autrefois escrite à M. de la Mote le Vayer, illustre par son rare savoir, & par le glorieux employ que sa Vertu luy a aquis aupres d'un si Grand Prince, qu'est le FRERE UNIQUE DE NOSTRE GRAND ROY; J'entretiene V. A. ser.^me de quelques reflexions que j'ay faites, sur ce que les anciens Geografes n'ont presque rien connu du globe de la terre, ou qu'ils n'en ont connu que de fort petites parties. Ils ont creu que toute l'estàndüe de ce globe, qui est entre les deux Tropiques, & qu'ils ont apelée, Zone Torride, estoit inhabitée & inhabitable. Ils n'ont seu du levant, que ce qui est au deça du Gange, & presque rien au delà, que par presomption & par oüy dire. Ils ont fixé leur couchant aux Isles fortunées, qui sont aparamment nos Canaries. Ils se sont imaginez que la mer Hiperborée, & que l'Islande, dont je fay icy la relation, estoient les derniers termes de ce que l'on pouvoit descouvrir du Septàntrion. Et ne sachant que dire de la Terre Australe, ils l'ont telement ignorée, qu'ils se sont figurez que c'estoit la demeure des Morts, & la fable de leurs Enfers.

Illam, *dit le Poëte,*
Sub pedibus Stix atra videt,
Manesque profundi.

Je ne parleray pas de quelques Peres de l'Eglise, qui ont eu de si grandes lumieres pour les choses du Ciel, & si peu de connoissance de celes de la Terre; qu'ils ne se sont peu persuader qu'il y eust des Antipodes; & n'ont seu compràndre, par queles raisons ils estoient eux mesmes Antipodes à ceux qui estoient les leurs.

J'avoüe, MONSEIGNEUR, que nôtre siecle est beaucoup plus esclairé que n'ont esté les precedàns. J'avoüe que depuis deux cens ans, il y a eu des Mariniers, & plus hardis, & plus savans sans comparaison, que n'estoit l'ancien Tifis des Argonautes. Et j'avoüe que l'on a penetré le monde dans toutes ses parties, beaucoup au delà de ce que les plus celebres Geografes de l'antiquité nous en ont apris. Cela n'empesche pas, MONSEIGNEUR, que nous ne soyons toujours dans une profonde ignorance de ce qui se peut ancore descouvrir, & qui nous est inconnu de la Terre universele. Je craindrois de passer pour extravagant, si j'avançois déterminément, que nous n'en connoissons que la moitié. Mais je diray sans hesiter, que nous n'en connoissons pas les deux tiers; & que ce qui reste à descouvrir, va sans contredit au delà du tiers.

Il me sera aisé de le démontrer quand je diray, que nous ne connoissons presque rien de ce qui est au delà des deux cercles polaires. Que le cercle arctique passe à l'extremité de l'Islande Septàntrionale; & que nous n'avons qu'éfleuré les bords du Groenland, au delà de la mer Glacée, qui separe cete Isle de ce continànt. Cecy est considerable, MONSEIGNEUR, que le cap Farvel, qui est du Groenland, & au Nor-oüest de l'Escosse, est entre le 60. & 61.me degré d'elevation: Et que de ce cap au pole, il y a prés de trànte degrez de latitude, qui nous sont inconnus. Il est vray que toute la côste du Groenland, soit au Levant, soit au Couchant du cap Farvel, & dont on ne sauroit déterminer la longitude, n'est pas si meridionale que ce cap. Mais je suplie tres-humblement V. A. ser.^{me} de se represànter, qu'il y a une terre au Nort du Japon, que nos Geografes apelent, la terre de Jesso, tout à fait inconnuë à nos Matelots; quoy qu'elle soit d'une grandeur si prodigieuse, qu'elle a quarante-six degrez de latitude, sur vint & deux degrez de longitude.

Si nous passons du Nort au Sud, il se trouvera, MONSEIGNEUR, que ce qui est inconnu de la terre Australe, est de plus grande consequànce que ce que nous ignorons de la Septàntrionale. La grandeur de cete terre Australe, estonnera tous ceux qui la verront descrite dans nos cartes; s'ils considerent, qu'elle embrasse les deux Emisferes, depuis le Pole meridional, jusques à la ligne Equinoctiale; & aux endroits où la nouvelle Guinée unit les deux horisons. Cela seul, MONSEIGNEUR, emporteroit la moitié du monde, si ce qui est entre les bras de cete Terre, & au deça du cercle Antartique, soit de l'Asie, soit de l'Afrique, soit de l'Amerique, n'estoit descouvert, & dans le commerce. J'adjousteray, MONSEIGNEUR, à ce que j'ay dit: Que l'on ne sait pas ancore, si le Japon est Isle, ou Terre ferme: Et qu'il y a des espaces comme infinis au delà des Filipines, jusques à la côste du Perou, sur lesquels nos Geografes font passer la mer Pacifique. Ils inondent ce qu'ils ne connoissent pas; & noyent dans leurs Cartes, quantité de peuples qui se portent bien dans les terres qu'ils habitent.

Pour dire les choses, teles qu'elles pourroient estre, MONSEIGNEUR. Ce qui resteroit à descouvrir du Globe terrestre, iroit beaucoup au delà du tiers, & aprocheroit bien fort de la moitié, si la nouvele Guinée, qui joint les deux bouts de la terre Australe, joignoit aussi la Tartarie, & l'Amerique, du costé du Septàntrion, comme il y en a qui le croyent. L'Ocean ne seroit plus en ce cas, la ceinture de la Terre; au contraire, la Terre seroit la ceinture de l'Ocean. Et ce qui seroit bien surprenant, pour ne pas dire incroyable; on pourroit frayer divers chemins, pour aler par terre d'un pole à l'autre.

Je ne doute pas, MONSEIGNEUR, que tant de Peuples inconnus, ne soient quelque jour connus, pour avoir la connoissance de Dieu, & cele du mistere de son Fils, mort pour nos ofànces, & resuscité pour nôtre justification. C'est pour cela qu'il est écrit. Daniel. 7.Que tous Peuples, que toutes Nations, & que toutes Langues, adoreront Dieu, & le serviront.Joel. 2.Que Dieu versera de son Esprit sur tous les hommes de la terre.Jeremie 31.Et que tous les hommes de la terre connoitront Dieu, depuis le plus grand jusques au plus petit. La mesme Escriture Sainte nous enseigne, que Dieu establira un Roy, pour estre le Conducteur, & le Souverain, de tous les Peuples de l'Univers; & pour respàndre la Predication de son Evangile dans toutes les contrées du monde. Dieu parlant à ce Roy par son Profete Isaie, luy dit ces paroles, tres considerables à ce propos. Chap. 55.Tu apeleras la Nation que tu ne connoissois pas; & la Nation qui ne te connoissoit pas, te desirera, & coura apres toy. Ce sera à-cause de moy, qui suis ton Seigneur, & ton Dieu; & à-cause de mon Jesus-Christ.SAINT, qui est le Saint de mon peuple Israel. C'est pour cela que je t'ay exalté, & c'est pour cela que je t'ay glorifié.

Je ne croy pas, MONSEIGNEUR, que l'on doive trouver estrange le zele que j'ay, estant nay François, si je dis que la Profetie se doit entàndre d'un Roy de France. J'ay outre cela beaucoup de raisons qui me le persuadent. Il me sufira de dire, que toutes les conjectures, & toutes les aparànces, me font presumer que la Profetie regarde nostre GRAND ROY.

Car il a toutes les qualitez, de Majesté, de Justice, & de Valeur, que l'Escriture Sainte atribuë à ce Roy Profetique. S'il n'a pas tout le temps qui sera requis, pour achever une si vaste entreprise, qu'est la conqueste du Monde; Il ouvrira sans doute, & aplanira un grand chemin à son GLORIEUX SUCCESSEUR, pour l'assujetir de bout en bout. Ce qui me fortifie dans cete croyance, est, que pour seconder les hauts desseins de nostre VICTO-RIEUX MONARQUE; le Ciel luy a donné un Prince de son sang, tel que VOUS, MONSEIGNEUR, dont les Conseils peuvent estre apelez, CON-SEILS DE DIEU, comme l'Histoire Sainte qualifie les conseils des grâns Politiques: Et dont L'ESPÉE aura la mesme vertu, qu'avoit cele de GEDEON, contre les enemis du nom Chrestien. Je n'ay pas assez de vie pour voir de si grandes choses. Mais j'ay toute la passion qu'il faut pour les souhaiter. J'ay aussi tous les santimàns qui m'obligent d'estre avec respêt & soumission,

MONSEIGNEUR,

de V. A. Ser.me

Le tres-humble, tres-obeïssant & tres-fidele serviteur, La Peyrere.

TABLE DES CHOSES
Contenües aux
Articles de cete Relation.

I. L'Auteur de cete Relation n'ayant pas esté en Islande, escrit ce qu'il en a leu & ouy dire.

II. De la situation, & de la grandeur de l'Islande.

III. De ses jours, les plus longs, & les plus courts.

IV. De quoy on se nourrit en Islande, & de quoy on s'y chaufe.

V. Des Glaces qui se destachent du Groenland, & ce qu'elles aportent en Islande, où elles abordent.

VI. Des pâturages de l'Islande, du lait, & du beurre; Et des farines qui se font de poissons secs.

VII. Des Eaux de l'Islande.

VIII. Des Lacs de diverse & d'estrange nature, qui sont en Islande.

IX. Des Minieres de soufre qui y sont. Et du Mont Hecla.

X. Les Islandois croyent, qu'il y a des Ames dannées qui brulent, & d'autres qui gelent.

XI. Evenemànt extraordinaire avenu en Islande.

XII. Du trafic que l'on fait en Islande. Et des Filles Islandoises.

XIII. Des Festins des Islandois.

XIV. Des coutumes sauvages des Islandois.

XV. Des Demons apelez Droles. Et des Islandois qui vàndent le vànt.

XVI. Des sortileges des Islandois.

XVII. De l'ancien Gouvernemànt de l'Islande. De la Justice qui s'y exerce. ibid.

XVIII. L'Islande assujêtie aux Rois de Norvege, & en suite, aux Rois de Danemark.

XIX. De l'anciene, & nouvele Religion, des Islandois.

XX. Les anciens Islandois estoient grâns Pirates, & grâns Gladiateurs.

XXI. Des Annales des Islandois.

XXII. Des Poëtes Islandois.

XXIII. Des Satyres Islandoises.

XXIV. De la Poësie Islandoise.

XXV. De l'amour que les Islandois ont pour leur patrie.

XXVI. Les Islandois sont chicaneurs.

XXVII. Des Maisons des Islandois.

XXVIII. Des deux Eveschez, & des deux vilages, qui sont en Islande.

XXIX. Des Evesques Islandois.

XXX. Les Islandois sont joüeurs d'Eschets.

XXXI. Continuation du mesme sujet.

XXXII. Le langage Islandois est Runique.

XXXIII. Quels ont esté les premiers habitans du Monde Arctique.

XXXIV. Les Geans Cananeens ont peuplé le Monde Arctique.

XXXV. Du grand Odin Asiatique.

XXXVI. On nous fait acroire que les anciens Heros ont esté Geâns.

XXXVII. Les Peuples du Septàntrion croyent estre de la race de Jafet.

XXXVIII. La recherche est vaine, des premiers Peuples qui ont habité les parties du Monde, apres le Deluge.

XXXIX. Preuve du precedànt article.

XL. Suite de la mesme preuve.

XLI. Resolution de la mesme preuve.

XLII. Des premieres descouvertes qui ont esté faites de l'Islande.

XLIII. D'Ingulfe creu premier fondateur des Islandois.

XLIV. Que cete opinion n'est pas vraye.

XLV. Preuve du precedànt article.

XLVI. Suite de la mesme preuve. De l'Islande Payene & Chrestiene. ibidem.

XLVII. La Tulé des Anciens est l'Islande d'aujourd'huy.

XLVIII. De l'Ocean Deucaledonien.

XLIX. L'Islande estoit habitée avant l'année 874.

L. Preuve du precedànt article.

LI. Les Gots ont introduit la barbarie dans l'Europe.

LII. De la *Crimogée*, & du *Specimen Islandicum*, d'Angrimus Jonas.

Fin de la Table.

AVIS,
Touchant mon Ortografe.

Quoy qu'il n'y ait rien de resolu pour l'Ortografe de nostre Langue, & qu'il soit permis à qui que ce soit de s'en faire une, comme il s'imagine qu'elle devroit estre: Je ne veux pourtant pas me servir d'une liberté si publique, sans ràndre raison de cele que j'ay prise dans ce petit Ouvrage.

Je croy que nôtre escriture doit estre l'image de nôtre parole, tout ainsi que nôtre parole est l'image de nôtre pansée. Cela estant. Il me sàmble que nostre Ortografe se devroit conformer à nostre prononciation, qui fait nostre parole; & que l'on ne devroit pas nous obliger d'escrire par, e, ce que nous prononçons par, a; d'escrire par une letre double, ce que nous pro-nonçons par une letre simple; ni d'escrire par, h, ce que nous prononçons sans aspiration.

Cete raison est fortifiée de l'exàmple des Italiens, dont la Langue a une perfection plus anciene que n'est la perfection de la nostre; si toutefois on doit apeler perfection, ce que l'Usage qui en est le maître, peut changer comme il luy plaît. Or les Italiens qui prononcent ce qu'ils escrivent, escrivent aussi ce qu'ils prononcent. Et je ne doute en façon du monde, que nos anciens Peres qui nous ont laissé leur Ortografe, n'ayent prononcé comme ils escrivoient. Ce que j'asseure d'autant plus librement, que les Valons d'aujourd'huy, qui parlent ce que nous apelons Vieux Gaulois, prononcent ces mots, commencement, commendement, contentement, &c. comme ils les escrivent par e, & non pas, commancemant, commandemant, contantemant, &c. comme on les prononce en France, par, a. Et par la raison que nous ne prononçons pas aujourd'huy ces mesmes mots, comme on les prononçoit le temps passé; Je m'estonne que l'on n'ait changé leur Ortografe, en mesme temps que l'on a changé leur prononciation. Car l'escriture estant, comme j'ay dit, l'image de la parole, l'Ortografe doit suivre la prononciation, comme l'ombre suit le corps.

J'avoüe que dans ces mots, commàncemànt, commàndemànt, contàntemànt, &c. l'a ne doit pas estre prononcé avec toute sa force. Mais il est constant que ces mots, & leurs sàmblables, doivent estre prononcez, par, a. Puis donc qu'il ne s'agit que de donner une prononciation moins forte à cet, a; Il sufiroit ce me sàmble, de marquer cete maniere plus douce, par un accent grave, tel que je l'ay mis sur tous les, à, que j'ay changez pour des, e.

Je n'ay pas fait ce changemànt dans tous les mots, où suivant mon rai-
sonnemànt, il me sàmbloit que je le pouvois faire: Parce que l'on ne peut
pas changer d'abord, & tout à coup, ce qu'un usage inveteré s'est acquis,
par la longueur du temps qui l'autorise. Je me suis imposé cete loy dans ce
commàncemànt, de ne changer l'e, en a, par tout où l'e, se prononce par a,
que dans les noms, & dans les verbes. Dans les noms, comme, sàntimànt,
raisonnemànt, changemànt, &c. Dans les verbes, comme, apràndre, sàntir,
pànser, &c. Je laisse l'e, dans la preposition, en, & dans les noms, & les
verbes où cete preposition entre, & où elle sert de composition. Dans les
noms, comme, entàndemànt, engagemànt, endommagemànt, &c. & dans
les verbes, comme, enseigner, enfanter, enquerir, &c. où je laisse, en,
comme on l'escrit ordinairement, par, e. Je laisse l'e, aussi, dans tous les
adverbes, qui finissent en, ment; dont le nombre est tres-grand. Je le laisse
à, temps, sens, accent, dent, cent, &c. J'escris ancore, par un a; parce qu'il
est derivé de ancóra, que les Italiens escrivent, & prononcent par un a.

J'ay retranché toutes les letres doubles, de tous les mots, où elles m'ont
sàmblé inutiles. Si l'on me dit, que ces letres doubles servent à alonger les
voyeles qui precedent les doubles consones. Je respondray qu'il sufit de
metre sur ces voyeles un accent circonflexe, pour marquer qu'elles sont
longues. Et les Estrangers qui apràndront nostre langue, y seront bien
moins embarassez, qu'à leur donner à deviner, quand il faudra prononcer
les letres doubles, comme des letres simples.

Je croy qu'il n'est pas necessaire de metre aucun accent sur l'e, de ces
mots, tele, quele, bele, fidele, nouvele, mortele, naturele, eternele, &c. Parce
que l'e qui devance la consone dans tous ces mots, se doit prononcer
comme l'e de leurs masculins, cet, tel, quel, bel, fidel, nouvel, mortel, natu-
rel, eternel, &c.Cele, doit estre prononcé comme, tele quele, bele, &c. Je
laisse la double ll. aux pronoms, elle, & laquelle.

J'ay retranché l'h, de beaucoup de mots que nous prononçons sans aspi-
ration. Je l'ay retenüe à Christ, & à Chrestien, son derivé. J'ay fait scru-
pule, pour ne pas dire religion, de toucher à un usage qu'un nom si saint a
comme sanctifié. Et nostre, f, ayant la mesme force, que le φ. des Grecs, qui
est nostre, ph, j'ay changé le ph, en f.

Quelque raison pourtant que j'aye aleguée; je n'ay pris cete liberté qu'en
atàndant le Dictionaire que Messieurs de l'Academie nous ont promis; où
j'espere qu'ils fixeront nostre Ortografe. Et à quoy je me fixeray aussi.

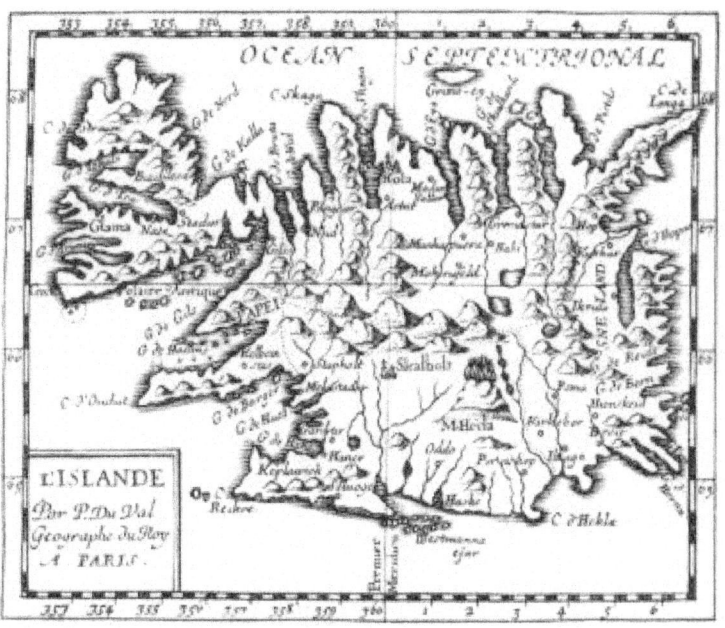

RELATION
DE
L'ISLANDE.

A MONSIEUR DE
LA MOTHE LE VAYER.

MONSIEUR,

I. Vous m'avez prié de vous escrire de ce païs du Nort, où nous errons depuis quelque temps, ce que j'ay peû apràndre de l'Islande, & du Groenland. Je n'ay point de plus grande passion au monde, que de vous servir, & de vous plaire. Je vous escriray ce que je say de l'un & de l'autre, le mieux qu'il me sera possible; mais ce sera s'il vous plaist, l'un apres l'autre. L'Islande est une Isle celebre. Le Groenland est un païs de tres-grande, & de tres vaste estànduë. Je commànceray la premiere des deux Relations, que je vous ay desti-nées, par cele de l'Islande: Dans laquelle vous verrez ce que j'ay leu de particulier touchant cete Isle, chez divers Auteurs: Et princi-palement dans les oeuvres d'Angrimus Jonas, Escrivain Islandois. J'escris *Angrimus*, comme on le prononce, & non pas *Arngrimus*, comme il est imprimé; parce qu'on a trop de pêne à le lire. Je vous raporteray ce que j'ay oüy dire de plus curieux sur ce sujêt, dans les conversations que j'ay euës en Danemark, avec des personnes de condition, & de savoir. Et ce que m'en a dit bien particulierement, le Docteur Olaus Vormius, Medecin de la faculté de Copenhague, qui possede les plus beles & les plus doctes connoissances de tout le Septàntrion. Je vous diray aussi ce que Blefkenius Danois, qui a eu la curiosité d'aler en Islande, a escrit de plus remarcable, dans la Relation qu'il en a faite. Je ne croy pas tout ce qu'il a escrit, & ne m'arresteray qu'aux choses qu'il dit y avoir veües. Car j'y adjoute la mesme foy que je fay à Herodote, aux endroits où Herodote dit qu'il a veu. N'estant pas croyable que des gens d'honneur & de letres, ayent voulu prostituer la verité, & leur reputation, de propos si deliberé, que de dire qu'ils ont veu ce qu'ils n'ont pas veu. Quoy qu'il en soit, je feray comme Saluste; & diray, soit de Blefkenius, soit d'Angrimus Jonas, soit du Docteur Vormius, soit de tous ceux dont je vous alegueray ce que j'ay leu, & oüy dire; car je n'en puis parler que pour avoir leu, & oüy dire: *Fides penes auctores sit.*

II. L'Islande est une Isle de l'Ocean Deucaledonien, a 13. degrez, 30. minutes de longitude, & a 65. degrez 44. minutes de latitude. Cete situation est prise, sur l'Evesché Septàntrional de l'Isle, nommé, *Hole*, qu'Angrimus Jonas raporte dans sa Crimogée Islandique; où il dit, qu'il la tient de l'Evesque mesme de Hole, Gundebrand de Thorlac, son compatriote, & intime amy, auditeur de Ticho-Brahé, & grand Astrologue. Les limites de l'Islande sont; du Levant, la mer Hyperborée; du Midy, l'Ocean Deucaledonien; le Couchant regarde le Groenland, vers le cap Farvel; & le Nort est exposé à la mer glacée du mesme Groenland. La longueur de l'Isle, s'estànd du Levant au Couchant, en autant de chemin qu'un homme en peut faire en vint jours. Et sa largeur du Midy au Nort, à l'endroit le plus large, en autant de païs, qu'un homme en peut traverser en quatre jours. Le mesme Angrimus de qui je tiens cete mesure, ne sait, si ces journées sont d'un homme à cheval, ou à pied.

III. Pour bien juger de l'estànduë de l'Islande; on croit qu'elle est deux fois plus grande que la Sicile. On connoîtra aussi par la Sfere, & par l'elevation que j'ay raportée de cete Isle, que ce que l'on en dit est veritable: Qu'au Solstice d'Esté, & tant que le Soleil est dans les signes de Gemini, & de l'Escrevice; c'est à dire, deux mois durant; le Soleil ne se couche pas tout entier sous l'horison de l'Islande Septàntrionale; Que l'on en voit toujours quelque peu, & la moitié aux jours les plus longs depuis les dix heures du soir, jusques à deux heures du matin, qu'il se leve tout a fait. D'où, il s'ensuit, qu'au Solstice d'hyver, & tant que le Soleil est dans les signes du Sagittaire, & du Capricorne; c'est à dire, deux mois durant; le Soleil ne se leve pas tout entier sur le mesme horison; & qu'il n'en paroît que la moitié, aux jours les plus courts, depuis les dix heures du matin, jusques à deux heures apres midy, qu'il se couche tout à fait.

IV. Cete Isle est nommée *Islande*, à cause de la blancheur de ses glaces. On dit qu'elle a esté fertile autrefois; qu'elle a porté de beaux bleds, & qu'elle a esté couverte de grâns bois, dont les Islandois batissoient de beaux, & grâns navires; & dont il se trouve ancore aujourd'huy de grandes & profondes racines, aux mesmes lieux où estoient jadis leurs forests, mais brulées & noires comme de l'ebene. L'Islande est maintenant si infertile, que le bled n'y sauroit naître. Et il n'y croist pas un arbre, quel qu'il soit, que du petit & meschant bouleau. Si bien que l'on y mourroit de faim & de froit, si l'on n'y aportoit des farines des provinces voisines: Et si les glaces qui se destachent au mois de May des terres qui sont ancore plus proches du Pole, ne leur portoient une si grande quantité de bois, qu'ils en ont sufisamment pour se chaufer, & pour se faire des maisons, à la mode des autres peuples du Nort. Ils se servent outre cela, pour l'un & pour l'autre, d'os de balene, & d'autres grâns poissons. Comme aussi de deux sortes de tourbes pour se chaufer; l'une, faite de gazons, qui est le *Cespes bituminosus*; & l'autre, que l'on tire de la terre, comme d'une carriere, qu'Angrimus Jonas apele *Glebam fossilem*; que l'on fait cuire au Soleil, & qui brûle, quand elle est seche, comme le gazon. L'une & l'autre espece de tourbe, tesmoigne assez le vice de la terre, qui la rànd incapable de porter ni bled, ni arbre. Ces glaces qui abordent en Islande des terres Septàntrionales, sont quelques fois chargées d'arbres prodigieusement grâns. Et les Annales Islandiques font màntion d'un entr'autres, qui avoit soixante-trois coudées de longueur, & sept de grosseur.

V. Lors que ces glaces destachées du Nort, sont jointes à celes de l'Islande, les habitâns de l'Isle courent à la queste du bois, & à la chasse de quantité de bestes, qui s'estant trop avant engagées dans la mer glacée, voguent dessus, & abordent où les glaces les portent: comme des Renards, roux & blancs; des Loûs Cerviers; des Ours blancs & noirs; & des Licornes. La grande & precieuse corne que le Roy de Danemark garde à Frederisbourg, qui est son Fontainebleau, est d'une Licorne (à ce que l'on ma dit) prise sur les glaces d'Islande. Elle est plus longue & plus grosse, que cele de S. Denis. Monsieur le Conte Wlfeld, Grand Maistre de Danemark, en a une entiere, & petite, de deux pieds de long, prise sur les mesmes glaces. Il m'a fait l'honneur de me la montrer, & de me dire, que lors qu'on la luy donna, il y avoit ancore à la racine, de la chair, & du poil de la beste.

VI. L'Islande est montagneuse, & pierreuse. Les pasturages y sont si excellàns, qu'il en faut chasser le bestial, de peur qu'il ne créve. Et l'herbe y sànt si bon, que les estrangers la recueillent, & la font secher, pour la metre parmy leur linge. On dit neanmoins que leurs chairs de bœuf ne sont pas bonnes, & que leurs moutons puënt le bouc. Les Islandois y sont accoustumez. Ils durcissent & conservent leurs viandes, en les exposant au vànt, & au Soleil. Ce qui les rànd & de meilleur goust, & de meilleure garde, que si on les avoit salées.

Ils font quantité de beurres, qu'ils reservent dans des vaisseaux; & a defaut de vaisseaux, ils l'amoncelent dans leurs maisons, comme des piles de chaux. Leur bruvage ordinaire est de lait, & de petit lait, qu'ils boivent pur, ou meslé avec de l'eau. L'Isle porte de bons chevaux, que l'on nourrit en hyver, de poissons secs, aussi bien que les bœufs, & les moutons, quand le foin leur a manqué: Et dont les hommes mesme font de la farine, & du pain, quand ils n'ont plus de farines de bled; & que les rigueurs d'un long hyver empeschent l'abord de leur Isle, aux estrangers qui ont commerce avec eux. Si bien que l'on peut dire des bestes de ce païs là, qu'elles sont *Ictiofages*, aussi bien que les hommes.

VII. Il y a dans l'Islande quantité de fontaines froides, dont les eaux sont claires, & agreables à boire; d'autres, qui sont saines & nourrissantes comme de la biere; quantité de sources chaudes & salutaires, pour les bains; quantité de beaux & grâns Estangs poissonneux; quantité de beles, & grandes Rivieres navigables; dont je ne vous escriray pas les noms, non plus que des Ports, & des Promontoires, parce qu'ils sont imprimez dans les livres.

VIII. Blefkenius raconte, qu'il y a dans la partie Occidàntale de l'Islande, un Lac qui fume toujours; & qui est neanmoins si froid, qu'il petrifie tout ce que l'on y jete. Si l'on y fiche un baston, le baston devient fer à l'endroit qu'il est fiché dans la terre; ce qui touche l'eau, se petrifie; & ce qui est au dessus de l'eau, demeure bois. Blefkenius dit l'avoir esprouvé par deux fois: Et qu'ayant mis au feu ce qui luy sàmbloit fer, ce fer brûla comme du charbon. Il dit aussi, qu'au milieu de l'Islande, il y a un autre Lac, qui exhale une vapeur si dangereuse, qu'elle tuë les Oiseaux qui volent par dessus. Et ce Lac est comme l'Averne des Grecs, dont Virgile parle au 6. de l'Eneïde.

> *Quem super haud ullæ poterant impune volantes*
> *Tendere iter pennis, talis sese halitus atris*
> *Faucibus effundens, supera ad convexa ferebat.*
> *Unde locum Graii dixerunt nomine Aornon.*

Blefkenius adjoute, a ce qu'à dit Angrimus des fontaines chaudes de l'Islande, qu'il y en a de si chaudes en des endroits, que qui les touche s'y brule. Quand cete eau se rafroidit, elle laisse du soufre au dessus de sa superficie; tout ainsi qu'aux marais salans, l'eau de la mer y laisse du sel. On voit des plongeons rouges sur ces eaux, que l'on perd de veuë, si tost que l'on s'en aproche, & qui remontent sur l'eau pour peu que l'on s'en esloigne. Le mesme dit ancore, qu'en un endroit de l'Isle, que l'on apele *Turloskhaven*, il y a deux fontaines, l'une froide, & l'autre chaude, que l'on fait venir par divers canaux dans un mesme bassin. Et que les eaux de ces deux fontaines mes-lées ensàmble, composent un bain tres excellant. Assez pres de là, dit-il, il y a un autre fontaine, dont l'eau a le goust du blé: Et qui a cete vertu, de guerir les maux veneriens, que Blefkenius asseure estre fort ordinaires dans cete Isle.

IX. Il n'y a dans toute l'Islande aucune miniere de quelque metal ou mineral que ce soit, si ce n'est de soufre, qui est tres commun dans toute l'Isle; mais que l'on tire en plus grande abondance d'une Montagne nommée *Hecla*, qui est le Montgibel de l'Islande; car elle jete des flames qui causent de grâns embrazemâns aux environs. Cete Montagne est du costé de la partie Oriàntale, declinant à la Meridionale, & assez proche de la mer. Blefkenius dit, que ce Mont ne jete pas seulement des flames, mais des torrâns d'eau, qui brulent comme eau de vie. Il jete par fois aussi, des cendres noires, & une quantité prodigieuse de pierres ponce. La tàmpeste qui agite ce Mont, cesse au vànt d'Oüest, qui est le Zephire des anciens. Tant que ce vànt soufle, ceux qui connoissent ce Mont, & qui en savent les chemins seurs, montent hardiment à son plus haut sommet, & à l'endroit par où il rànd ses flames; où ils jetent de grosses pierres, que le Mont rejete avec furie, & comme une Mine fait voler les esclats d'un mur qu'elle emporte. Il est tres dangereux d'en ap-rocher, à ceux qui n'en connoissent pas les avenües. Parce que la terre qui brule au dessous, venant à fondre, a bien souvent englouti des hommes vivans, dans des fournaises ardàntes.

X. Les habitans de l'Isle croyent que cete Montagne est le lieu où les ames des dannez sont tourmàntées. Dequoy ils font de plaisâns contes. Car ils voyent quelque fois, à ce qu'ils disent, comme des fourmilieres de Diables, qui entrent dans la gueule de ce Mont, chargez d'ames dannées; & qui en ressortent, pour en aler chercher d'autres. Et Blefkenius raporte, que lors que cela a paru, on a remar-qué qu'il s'est donné une sanglante bataille en quelque endroit. Les Islandois croyent aussi, que le bruit que font les glaces, quand elles heurtent & s'atachent à leurs rivages, sont les cris & les gemissemâns des dannez, pour le grand froit qu'ils endurent. Car ils croyent qu'il y a des ames condannées à geler eternelement, comme il y en a qui brulent eternelement. Et le suplice seroit egal; en ce que, *penetrabile frigus adurit*; & qu'il est vray qu'un grand froit brule comme du feu.

XI. Le mesme Blefkenius dit, qu'estant en Islande, sur la fin du mois de Novàmbre, & à minuit; on vit un grand feu sur la mer du Mont Hecla, & que ce feu esclaira toute l'Isle. Ce qui estonna tous les habitans. Les plus experimàntez & les plus sànsez asseuroient, que cete lueur venoit du Mont Hecla. Une heure apres l'Isle tràmbla. Et ce tràmblemànt fut suivy d'un esclat comme de tonnerre, si espouvàntable & si terrible, que tous ceux qui l'ouïrent, crurent que ce devoit estre la cheute du monde. On sût peu de jours apres, que la mer avoit tary à l'endroit où le feu avoit paru; & qu'elle s'estoit retirée à deux lieües de là.

XII. Les Islandois ne vàndent & n'achetent quoy que ce soit, car il n'y a pas d'argent monnoyé parmy eux. On leur aporte des farines, de la biere, du vin, de l'eau de vie, du fer, des drâs, & du linge. Ils baillent en eschange ce qu'ils ont, qui est; des poissons secs, du beurre, des suifs, des drâs grossiers, du soufre, & des peaux de renârs, d'ours, & de loûs cerviers. Blefkenius dit, que les Alemans qui trafiquent en Islande, dressent des tàntes pres des havres où ils ont abordé, & qu'ils y estalent leurs Marchandises, qui sont; manteaux, souliers, miroirs, couteaux, & quantité de bagateles, qu'ils eschangent avec ce que les Islandois leur aportent. Des filles qui sont fort beles dans cete Isle, mais fort mal vestües, vont voir ces Alemans; & ofrent à ceux qui n'ont pas de fàme, de coucher avec eux, pour du pain, pour du biscuit, & pour quelqu'autre chose de peu de valeur. Les Peres mesmes presàntent leurs filles aux Estrangers. Et si leurs filles deviennent grosses, ce leur est un grand honneur. Car elles sont plus considerées, & plus recherchées par les Islandois, que les autres: Et il y a de la presse à les avoir.

XIII. Quand les Islandois ont acheté, (c'est à dire eschangé) du vin, ou de la biere, des Marchâns estrangers: Ils convient leurs paràns, leurs amis, & leurs voisins, à boire l'un & l'autre: Et ne se quitent point que tout ne soit beu. Ils chantent en beuvant, les faits heroïques de leurs Capitaines. Leur musique est sans regle, & sans art, que l'on apele, *Musique enragée.* C'est une incivilité parmy eux, que de sortir de table, quand ils boivent, pour aler faire de l'eau. Des filles qui ne sont pas laides en ce païs-là, comme j'ay dit, coulent sous les treteaux, & presàntent des pots de chambre aux beuveurs.

XIV. Angrimus Jonas traite cete raillerie d'imposture, & s'emporte avec colere contre Blefkenius, pour l'outrage qu'il dit avoir fait à l'honneur des filles Islandoises. Le bon homme ne peut soufrir, qu'on parle avec mespris de ses compatriotes, & qu'on les traite de barbares. Sur tout, là où le mesme Blefkenius dit, que les Islandois se gargarisent tous les matins de leur urine, & s'en frotent les dents. Catulle a dit la mesme chose des Celtiberes.

> *Nunc Celtiber in Celtiberiâ terrâ,*
> *Quod quisque minxit, hoc sibi solet mane*
> *Dentem, & russam defricare gingivam.*

Pour vous dire, Monsieur, ce que j'en pànse. Je croy que les Islandois ne sont pas maintenant si sauvages qu'il ont esté. Mais il est à presumer que des peuples si esloignez des climâs tàmperez, ne sont pas des plus polis, ni des plus raisonnables du monde. Je parle pour le commun, dans lequel je ne compràns pas les honnestes gens qui y peuvent estre, & qui y sont sans doute. Car il y a par tout des honnestes gens. Et il n'y a pour cela de la differànce, que du plus au moins.

XV. Blefkenius dit, que les Islandois ont des Esprits familiers. Que ces Esprits les servent comme des valets, & les avertissent la nuit, quand il fait bon le làndemain aler à la chasse, ou à la pesche. Ortelius va plus avant, & nous aprànd, que les Islandois apelent cete sorte de Demons: *Drollos.* Ce qui a du raport à ce que *Troll*, en Danois, est un Diable en françois; Et me persuade que ce que l'on apele en France *un bon drole*, est mesme chose *qu'un bon Diable*, en Islandois, & en Danois. Blefkenius dit aussi, que les mesmes Islandois vàndent le vànt, & l'asseure, comme l'ayant, à ce qu'il dit, experimànté. De quoy le bon Angrimus se moque plaisamment. Car il dit, que le Matelot Islandois connoît le soir par la disposition de l'air, quel temps, & quel vànt il fera le làndemain; Et que quand il conjecture qu'il doit faire le vànt que l'Estranger atànd pour partir, il le va trouver, & s'engage de luy vàndre ce vànt. Ce qu'il fait de cete sorte. Il demànde à l'Estranger son mouchoir, dans lequel il fait sàmblant de murmurer quelques paroles; & noüe promptement le mouchoir, comme de peur que les paroles qu'il a prononcées ne s'envolent. Il luy rànd apres cela son mouchoir noüé, & luy recommande de le garder tel qu'il le reçoit avec grand soin: l'asseurant qu'il aura le vànt bon, durant tout son voyage. Or il arrive quelque fois, que ce vànt soufle le làndemain. Mais le plus souvent ce mesme vànt change apres que l'Estranger est party, & qu'il est engagé en pleine mer. Ou s'il est assailly de quelque tàmpeste, comme il arrive bien souvent aussi, l'Estranger se trouve fort ambarassé des Diables qu'il croit porter dans sa poche: Car il n'ose les jeter dans la mer, & fait consciànce de les garder. Que si, dit Angrimus, il est arrivé de cent fois une, que le vànt ait conduit l'Estranger là où il devoit aler; cete seule fois autorise l'erreur contre cent autres experiànces contraires. Et l'erreur se respànd par celuy qui dit hardiment, parce qu'il le croit ainsi, qu'il a acheté le vànt en Islande, & que ce vànt l'a mené à bon port chez luy.

XVI. Quoy que ces sortes de contes ne fassent aucune impression sur des Esprits raisonnàbles, ils ne laissent pas d'estre divertissâns. Et il y a du plaisir d'entàndre ce que l'on en dit, & ce que l'on en croit. Car on ne le diroit pas, si on ne le croyoit. Blefkenius raconte, qu'il y a des Magiciens en Islande, qui ont le pouvoir d'arrester en pléne mer, des vaisseaux qui vont à plénes voiles. Il narre aussi, que ceux qui sont arrestez, se servent pour contrecharme, de certaines sufumigations puantes, dont il fait les descriptions; avec lesqueles, dit-il, ceux qui sont retenus chassent les Demons qui les retiennent; & les vaisseaux desenchantez reprenent leur cours. Si le charme est bien invànté, le contre-charme ne l'est pas moins. Revenons à ce qui est de plus serieux dans l'histoire de l'Islande.

XVII. L'anciéne Islande estoit divisée en quatre Provinces, selon les quatre parties du monde. Chaque Province estoit divisée en trois Bailliages, que les Islandois apelent *Repes*: excepté la Province Septàntrionale, laquelle comme la plus grande, & la plus importante, en avoit quatre. Et chaque Bailliage estoit subdivisé en six, sept, huit, ou dix Judicatures, selon son estàndüe. Chaque Province assàmbloit ses Bailliages une fois l'année. Et la convocation se faisoit par de petites croix de bois, que le Gouverneur de la Province envoyoit à ses Baillifs, que les Baillifs distribuoient à leurs Juges, & que les Juges faisoient courir par les familles de ceux qui se devoient trouver à ces assàmblées. Le Chef de la Justice de l'Islande, qui presidoit aux quatre Provinces, & qui estoit comme le Souverain de l'Islande, son *Nomophylax*, & le conservateur de ses loix, assàmbloit aussi en certain temps les Estats generaux de l'Isle. Et la convocation se faisoit par quatre haches de bois, que ce Chef envoyoit aux Gouverneurs des quatre Provinces.

XVII. Il y avoit dans chaque Bailliage trois Tàmples principaux, où la Justice se ràndoit, & où le culte de leurs Dieux se faisoit; à cause de quoy la charge de Baillif s'apeloit *Godorp*, qui signifie divine. Leur principal soin estoit, de pourvoir à la necessité des pauvres, qui est tres grande dans un païs pauvre. D'empescher que les pauvres d'une Repe, ne courussent à l'autre; & de refrener la liçance des Mandians volontaires, contre lesquels les loix estoient rigoureuses. Car il estoit permis de les tuer, ou de les chastrer, impunément; de peur qu'ils ne multipliassent, & ne fissent d'autres coquins comme eux. Il estoit mesme defàndu, sur pêne de l'exil, à un homme pauvre de se marier avec une fàme pauvre comme luy. Et il n'estoit pas permis sur la mesme pêne, à celuy qui n'avoit dequoy que pour luy seul, de pràndre une fàme qui n'avoit pas dequoy pour elle.

XVIII. Cet ordre Aristocratique de gouvernemànt, & de Justice, a duré parmy les Islandois, jusques à l'an de Grace 1263. que les Roys de Norvege se firent maîtres de l'Isle, & la ràndirent tributaire, par la mauvaise intelligence des Islandois, qui faisoient entr'eux, des brigues, & des seditions, pour le gouvernemànt. Les Roys de Danemarck, ayant reduit en suite le Royaume de Norvege en Province, ont donné des Viceroys à ces peuples, qui n'ont retenu depuis ce temps-là, qu'une ombre legere de leur anciene forme d'Estat. La demeure de ces Viceroys est à la partie Occidàntale de l'Islande, dans un Chasteau, nommé *Besestat.* Ils ne sont pourtant pas obligez à faire residànce actuele dans l'Isle, qu'en cas de necessité; & n'y vont qu'une fois l'année, pour en recevoir les tribûs, qui consistent aux mesmes choses, dont j'ay dit cy dessus que les Islandois font commerce & eschange avec les Estrangers: Et dont le Roy de Danemark pourvoit une bonne partie de ses navires, soit pour nourrir, soit pour habiller ses matelots. Le dernier Viceroy d'Islande, estoit M. Prosmont, Amiral de la derniere flote Danoise, que les Suedois défirent sur cete mer, il y a environ trois mois. Il se batit vaillamment, & mourut sur son bord l'espée à la main, ayant refusé le quartier que les Enemis de son Roy luy voulurent donner.

XIX. Angrimus Jonas ne pose l'Islande Chrestiene, qu'en l'an 1000. de nôtre salut. Ce n'est pas qu'il n'y ait eu des Chrestiens long temps devant, dans cete Isle. Mais il dit que le Paganisme n'en fût absolument bany qu'en ce temps-là. Les Islandois payens ont adoré entr'autres Dieux, *Thor*, & *Odin*. *Thor*, estoit comme le Jupiter; & *Odin*, comme le Mercure des anciens Grecs & Latins. Ils nomment encore leur Jeudy, *Thorsdag*, qui est le *dies Jouis*, & le Mercredy, *Odensdagur*, qui est le *dies Mercurii*. Les Autels consacrez à ces Dieux estoient revestus de fer, où bruloit un feu perpetuel. Et sur l'Autel, il y avoit un vase d'airain, dans lequel on versoit le sang des sacrifices, & dont on aspergeoit les assistans. Il y avoit au costé de ce vase un aneau d'argent, du poids de vint onces, qu'ils frotoient du sang de l'hostie, & qu'ils empoignoient quand ils vouloient faire quelque sermànt, ou solànnel, ou d'importance. Leurs Annales portent, qu'ils ont sacrifié des hommes à leurs Idoles. Ils les escrasoient sur des rochers, ou les jetoient dans des puis profons, creusez, & destinez pour cela, à l'entrée de leurs Tàmples. Et comme les Islandois payens avoient basty deux principaux Tàmples, dediez à leurs faux Dieux, aux deux parties, Septàntrionale, & Meridionale, de leur Isle. Les Islandois Chrestiens ont establi les deux, & les seuls Eveschez qu'ils ont, aux mesmes endroits de leur Isle: Savoir, l'Evesché de *Hole*, au Nort; & celuy de *Schalhold*, au Midy. Ils professent maintenant la mesme confession d'Ausbourg, que professe tout le Danemarck.

XX. Les anciens Islandois estoient de haute stature, forts, adroits, & vaillans; grâns gladiateurs, & grâns Pyrates. La Monomachie estoit autorisée parmi eux; & ils ne refusoient qui que ce fust, qui les voulust combatre seul à seul. Ils vuidoient leurs procez par le duel; Auquel celuy qui estoit vaincu, perdoit la chose contestée; & qui refusoit le combat, la perdoit comme s'il eust esté vaincu. C'estoit un moyen legítime pour aquerir des possessions parmi eux. Car de deux Gladiateurs qui se batoient, celuy qui avoit tué ou vaincu son homme, estoit maître de son bien. Il n'y avoit qu'une resource pour les heritiers legitimes du defunt, ou du vaincu, qui estoit; que l'on menoit un grand Toreau au victorieux, & s'il ne l'assommoit pas d'un seul coup, il ne tenoit rien.

XXI. Avec ce que les Islandois estoient de grande force, & de grand cœur; ils estoient spirituels, & si curieux, qu'ils conservoient avec soin les memoires qu'ils recueilloient de toutes parts, des choses memorables qui se passoient dans tous les Royaumes voisins. Ce qui a obligé le bon Angrimus à dire dans son *Specimen Islandicum,* parlant de ses compatriotes, qu'ils sont, *Ad totius Europæ res historicas lyncei.* Et de fait, Saxo Grammaticus dans la preface de son histoire Danoise, avoüe qu'il s'est tres utilement servy des memoires qu'il a pris dans les Annales des Islandois, qu'il apele, *Tylenses.* Le Docteur Vormius m'a asseuré que ces Annales sont tres-curieuses, & qu'il y a des raretez exquises des choses anciennes qui se sont faites dans les Orcades, dans les Hebrides, dans l'Escosse, & dans l'Angleterre; & mesme chez les anciens Ducs de Normandie; par cete raison sans doute, que les Islandois ont esté autrefois puissans sur la mer Deucaledoniene, ou Escossoise, & qu'ils ont peu avoir aussi des commerces particuliers dans notre Normandie.

XXII. Les plus ancienes histoires Islandoises & auquelles les Islandois adjoutent plus de foy, sont celes qui sont composées en vers. Sur quoy, Monsieur, vous remarquerez, s'il vous plaist, que les anciens Rois, & Capitaines du Nort, qui aloient à la guerre, menoient toujours quelque Poëte avec eux, pour composer des vers sur le sujêt de leurs victoires. Ces Vers se chantoient par les soldats de l'armée, & se repàndoient par toutes les contrées voisines. Or les Islandois ont esté de tout temps renommez excellâns Poëtes, par tous leurs voisins. Et l'on a creu qu'il y avoit une certaine vertu Magique dans leurs vers, capable d'evoquer les Demons des Enfers, & d'arracher les Planetes du Ciel. Leurs Poëtes naissent Poëtes, & ne le devienent pas par estude. Car le meilleur esprit qui soit parmi eux, ne sauroit composer des vers, s'il n'a le don naturel de les faire, tant les regles de leur Poësie sont severes & contraintes. Mais ceux qui ont cete vertu naturele, les composent avec tant de facilité, que leurs discours ordinaires sont des vers. La Verve prànd ces Poëtes aux nouveles Lunes. Et quand cete fureur les saisit, ils ont le visage esgaré, les yeux enfoncez, la couleur pasle; & ressàmblent à la Sibile Cumée, tele que Virgile nous l'a descrite. Il fait en ce temps-là tres mauvais avoir à faire avec ces possedez. Car la morsure des chiens enragez, n'est pas plus dangereuse, que la médisance de ces Poëtes.

XXIII. Je vous diray à ce propos, ce que le Docteur Vormius m'en a raconté. Il y a quelques années, qu'estant Recteur de l'Academie de Copenhague, un Escolier Islandois se plaignit à luy, que son Lansman & camarade, l'avoit outragé dans des vers difamatoires. Le Recteur apela le Poëte, qui avoüa les vers, mais nia qu'ils fussent faits contre son camarade. Et de fait M. Vormius n'y voyoit quoy que ce soit, dont le Lansman se dût ofàncer, selon la connoissance qu'il a du langage Islandois, qui est fondé sur l'anciene langue Runique. L'Escolier ofàncé voyant que le Recteur croyoit ce que luy disoit le Poëte, se mit à pleurer chaudement, & à luy dire, qu'il estoit perdu s'il l'abandonnoit. Et là dessus luy fit compràndre, par un destour estrange de figures, & de fables, les mêdisances qui estoient contenües dans cete Satyre. Luy dit, qu'il passeroit pour un infame en Islande, si ces vers y estoient portez; que ses biens en déperiroient; & que cete poësie estoit tele, qu'en quelque lieu du monde où il sût aller, le charme, ou le sortilege de ces vers le suivroit par tout, & le feroit mourir. Le Docteur Vormius esmeu de la frayeur de ce jeune homme, tira le Poëte à part; luy mit devant les yeux les devoirs de la charité Chrestiene, & les rigueurs des loix de Danemarck, qui punissent les sorciers de suplices tres cruels: Et l'ayant menacé de le metre entre les mains de la Justice, si par malheur son camarade tomboit malade de l'aprehànsion qu'il avoit; il luy imprima une tele peur, qu'il avoüa la malice de ses vers, les deschira, promit de ne les dire à personne, & courut embrasser son camarade, qui tesmoigna une joye non-pareille d'avoir fait sa paix avec le Poëte.

XXIV. Les Poëtes Islandois ont un Mitologique de leurs fables, qu'ils apelent *Edda*: Dans lequel ils posent pour Principe eternel, un Geant qu'ils apelent *Immer*. Et disent, que du Caos sortirent de petits hommes, qui se jeterent sur le Geant, & le mirent en pieces. Que de son crane, ils firent le Ciel; de son œil droit, le Soleil; de son œil gauche, la Lune; de ses espaules, les Montagnes; de ses os, les Rochers; de sa vessie, la Mer; de son urine, les Rivieres; Et ainsi de toutes les autres parties de son corps. De sorte, que ces Poëtes apelent le Ciel, le crane d'Immer; le Soleil, son œil droit; la Lune, son œil gauche; les Rochers, ses os; les Montagnes, ses espaules; la Mer, sa vessie; les Rivieres, son urine, &c. Le Docteur Vormius m'a fait voir une vieille copie de l'Edda, escrite en Islandois, de la main d'un Islandois, & dont il m'a expliqué les galanteries que j'ay recueillies, pour vous les escrire.

XXV. Les Islandois, à ce que disent leurs Annales, ont mis autrefois de grandes flotes sur la mer, qui donnoient de la jalousie aux Rois de Norvege, & de Danemark. Ils n'ont pas maintenant dequoy faire de petits bateaux de pescheurs. Ils ont eu le temps passé de grâns commerces dans tous les Royaumes voisins. Ils ne sortent maintenant de leur Isle, que pour venir estudier à Copenhague; avec un desir si violànt de retourner en leur païs, que les Danois n'en peuvent retenir pas un pour leur servir de Prestres, ou de Prescheurs. Ce qu'ils ont tànté diverses fois, parce qu'il y en a qui ont l'esprit bon, & qui reüssissent dans leurs estudes. On a beau leur represànter la pauvreté de leur Isle, & les delices des climats qui sont plus doux. Ils sont acoquinez à leur misere, & la preferent à tous les autres plaisirs. Il y a douze ou quinze Escoliers dans cete Academie, que nous voyons quelque fois. Ils sont communément petits & floüets, quoy que Blefkenius die, qu'il a veu en Islande un Islandois si fort, qu'il prenoît une tonne de biere, mesure de Hambourg, & la portoit à sa bouche pour boire, comme il auroit pris un de nos barils.

XXVI. Les Islandois retienent, comme j'ay dit, quelque ombre legere de l'ancien gouvernemànt de leurs peres. Mais leurs loix sont meslées de tant d'autres loix, de Norvege, & de Danemark; qu'estant forcez d'observer les dernieres, & voulant garder les premieres, ils s'engagent dans mille chicanes, sur l'explication, & concordance de leur droit, avec celuy de Danemark. Ce qui a obligé le bon Angrimus à dire de fort bonne grace, qu'il n'y a pas moins de Pantimomies dans le droit Islandois, qu'il y a d'antinomies dans le droit Romain.

XXVII. Les Islandois de ce temps habitent leur Isle comme leurs Peres l'habitoient, dans des maisons esparses, qui çà, qui là, de peur du feu, estant basties de bois. Leurs fenestres sont d'ordinaire, des trous sur les toits, parce que leurs maisons sont fort basses, & qu'il y en a mesme plusieurs d'enfoncées dans la terre, à-cause des vàns. Leurs toits sont couverts, comme ceux de Suede, d'escorces de bouleau, comblées de gazons. Tele estoit la cabane de Titire, dans les Bucoliques de Virgile.

Pauperis & tuguri congestum cespite culmen.

Les Islandois sont cachez comme des blereaux dans ces maisons, où ils vivent au delà de cent ans, & ne se servent ni de Medecins, ni de medecines.

XXVIII. Il n'y a dans toute l'Islande que deux vilages, aux deux Eveschez, de Hole, & de Schalholt; dont le plus grand, qui est celuy de Hole, ne consiste qu'en fort peu de maisons contiguës. Et comme il n'y a ni viles, ni vilages dans l'Islande, il n'y a point de grâns chemins. Ce qui oblige ceux qui voyagent dans cete Isle, à se servir de boussoles, pour aler d'une Province à l'autre, & à planter des balises aux endroits où il y a des goufres de nege, & où l'on tomberoit, si l'on n'y metoit ces marques. Les Islandois n'habitent d'ordinaire, que sur les rivages de la mer, ou prés des rivieres, à-cause de la pesche, & des pasturages, & le milieu de l'Isle est comme desert. Il y a un Colege à Hole, où les enfans estudient jusques à la Retorique, & vienent à Copenhague, faire leur cours de Filosofie, & de Teologie. Il y a une Imprimerie, où depuis peu l'on a imprimé le vieux Testamànt, traduit en Islandois. Le nouveau n'est pas achevé, faute de papier; apres lequel il y a long temps que les Imprimeurs crient, mais ils crient de si loin, qu'on ne les entànd point.

XXIX. L'Evesché de Hole a esté pourveu de grâns Evesques, dont le Catalogue est escrit, dans la Crimogée d'Angrimus Jonas. Et entre autres, du dernier mort Gundebrand de Torlac, que j'ay cy-dessus màntionné, homme de grand savoir, & de grande probité. Angrimus Jonas a esté son Coadjuteur, & a refusé l'Evesché qu'il devoit avoir apres la mort de Gundebrand, & que le Roy de Danemark luy vouloit donner. Il a prié le Roy de l'en dispànser, tant pour se retirer de l'envie, que pour vaquer à ses estudes avec plus de repos. Le bon homme est vivant. Le Docteur Vormius son bon amy, m'a assuré qu'il a plus de quatre-vints dix ans: Et m'a dit de plus, qu'il n'y a que quatre ans qu'il s'est remarié avec une jeune fille. Il est savant, & fort homme de bien, en grande estime parmy tous les doctes, & tous les

curieux de la contrée du Nort; & le sera de tous ceux qui le connoitront, par les beaux livres qu'il a faits.

XXX. J'obmetois de vous dire une particularité de l'Esprit des Islandois, qui n'est pas à mespriser. C'est qu'ils sont tous joüeurs d'eschets, & qu'il n'est point de si chetif païsan en Islande, qui n'ait chez
luy son jeu d'eschets, faits de sa main, & d'os de poisson, taillé à la
pointe de son couteau. La diferànce qu'il y a de leurs pieces aux
nôtres, est, que nos Fous sont des Evesques parmy eux; & qu'ils
tienent que les Eclesiastiques doivent estre prés de la personne des
Rois. Leurs Rocs sont de petits Capitaines, que les Escoliers Islandois qui sont icy, apelent *Centuriones*. Ils sont represàntez, l'espée
au costé, les joües enfléez, & sonnant du Cor, qu'ils tienent des deux
mains. J'aurois à vous faire un long discours sur le sujet des Cors,
que les Capitaines du Nort portoient à la guerre, pareils à celuy de
nostre Roland: Et pour pràndre la chose de plus haut, tel qu'estoit le
Cor, ou la Trompete de Misene, de qui Virgile a dit; *Hectoris hic
magni fuerat comes*. Où l'on voit un Trompete camarade d'Hector.
C'est de là sans doute, que les Trompetes Alemans, & de toutes ces
contrées, ne passent pas pour valets, comme ils font ordinairement
en France; mais pour oficiers des compagnies où ils servent. Je reserve de vous en parler à une autre ocasion. Reprenons le discours
de nos Eschets.

XXXI. Ce jeu n'est pas seulement ancien, & commun, chez les Islandois, mais dans tous les païs du Nort. La Cronique de Norvege
raporte, que le Geant Drofon, qui avoit nourry Heralde le Chevelu,
tout ainsi que Chiron avoit nourry Achile, ayant oüy parler des
grâns exploits que faisoit son Nourrisson, estant Roy de Norvege,
luy envoya des presâns de grand prix: Et entr'autres, la Cronique
fait màntion d'un jeu d'eschets, tres riche, & tres beau. Ce Heralde
regnoit environ l'an de Grace, 870. Et si Encolpe dans Petrone, a eu
la curiosité d'escrire, qu'il avoit veu joüer Trimalcion aux dames, sur
un Tablier de Terebinte & de Cristal, avec des dames d'or & d'argent: Je vous diray que j'ay eu l'honneur de joüer aux Eschets avec
Madame la Contesse Eleonor, fille du Roy de Danemark, & fàme de
Monsieur le Conte Wlfeld, Grand Maitre, & premier Ministre du
Royaume, sur un Tablier d'Ambre blanc & jaune, avec des pieces
d'or, esmaillées de mesmes couleurs que le Tablier, & tres cu-
rieusement travaillées. Les Rois & les Reines, sont assis sur des

Trônes, avec le Manteau Royal, la Couronne en teste, & le Septre à la main. Les Evesques sont richement mitrez. Les Chevaliers sont montez sur des chevaux bien faits, & bien harnachez. Les Rocs, sont des Elefans sur lesquels il y a des Tours. Et les Pions sont de petits Mousquetaires qui ont couché en joüe, & qui sàmblent atàndre le commàndemànt pour tirer.

XXXII. Je vous ay dit, que la langue des Islandois est fondée sur l'anciene langue Runique. Le Docteur Vormius, qui entànd ce Runique, & qui en a fait un livre, m'a asseuré que l'Islandois est le plus pur Runique que nous ayons. Pour preuve de cela, les caracteres Islandois dont Blefkenius a donné un Alfabet dans sa Relation, sont Runiques: Et le mesme dit, que parmy ces caracteres, il y en a d'hyeroglifiques, qui signifient des mots entiers. Le bon homme Angrimus s'est estàndu sur ce chapitre dans sa Crimogée. Et parce que ce livre est fort rare en ce païs, & qu'il l'est sans doute au lieu où vous estes; vous aurez agreable que je vous entretiene de la lecture que j'en ay faite: Car en vous descouvrant l'antiquité de la langue Islandoise, elle nous donne une grande connoissance des antiquitez du Nort.

XXXIII. Angrimus dit, que les Annales d'Islande, qui parlent des premiers habitans du monde Arctique, les font venir d'un Prince Asiatique, nommé *Odin*, que d'autres ont dit *Ottin*; lequel poussé par les armées Romaines, que Pompée commàndoit dans la Frigie mineure, prit la route du Nort, & se vint ràndre en ces quartiers, avec des troupes Frigienes qui le suivirent. Et le bon Angrimus avoüe, que l'epoque de ses Annales Islandiques, ne s'estànd pas plus avant que d'Odin. Il assure neanmoins, que beaucoup d'autres peuples du Nort, en ont de plus ancienes: & que leurs Histoires font màntion d'un Prince apelé *Norus*, qui donna les premieres loix à la Norvege, & l'erigea en Royaume. Que Norus estoit fils de Thorré, Roy de Gotland, & de Finland, le plus grand, le plus vertueux, & le plus excellànt Prince de son siecle. Que ses peuples l'adorerent comme un Dieu apres sa mort. Que la Norvege apela le mois de Janvier, *Thorré*, de son nom. Et que ce nom est ancore aujourd'huy retenu dans l'Islande. Que le Roy Thorré eut une fille d'une grande beauté, nommée *Goa*, qui fut enlevée par un Prince estranger. Que son frere Norus courut apres le ravisseur. Et que le mois suivant celuy de Janvier fut nommé, *Goa*; qui est le mesme nom dont se servent ancore aujourd'huy les Islandois, pour le mois de Février. Angrimus fait en suite une carte genealogique des predecesseurs de Norus, qui ont esté mis par les peuples du Nort au nombre des Dieux, qui de la mer, qui des vàns, qui de la nege, qui du froid; Et d'un entr'autres qu'ils adorerent sous le nom de Dieu du feu, qui n'estoit pas mal fait, & boiteux comme le Vulcan des Grecs, mais le mieux formé, & le plus beau de tous les hommes; qu'ils apelerent pour sa grande beauté, *Halogie*; c'est à dire grande & bele flame. La genealogie dessànd jusques à un neveu de Norus, apelé *Gilve*: Auquel temps, dit la Cronique, le grand Odin Asiatique entra dans le Nort.

XXXIV. Cete diversité d'Annales a obligé Angrimus d'aler ancore plus avant, que ces premiers Rois de Norvege: Et de raporter l'origine des peuples du Septàntrion aux anciens Geans Cananeens, que Josué chassa de la terre promise, & qui vindrent peupler cete contrée, de Geans, tels qu'ont esté les premiers habitans du Monde Arctique, & d'où l'on croit que sont derivez les premiers Gots, qui signifient, *Geans*. Or, Monsieur, il ne sera pas hors de propos, que je vous die deux mots en cét endroit, & de ce grand Odin Asiatique, & de l'opinion receüe en ce païs, que les premiers hommes du Nort ont esté Cananeens.

XXXV. Le grand Odin Asiatique a esté adoré dans tout le Septàntrion, sous le nom de Mercure, à cause de son excellànt esprit. On croit que c'est le premier Auteur de la Poësie, & de la Magie Septàntrionale, si celebre, & si renommée, par tout ailleurs. Je vous ay parlé de sa Poësie; & j'aurois beaucoup de choses à vous dire de sa Magie: Mais le sujet merite une narration particuliere, que je reserve à une autre fois. Je me contànteray de vous dire maintenant, que je ne me puis assez estonner de la negligeance de quantité d'honnestes gens, qui suivent avec si peu de reflexion des erreurs inveterées, & s'y laissent emporter sans resistànce. Jusques là mesme, que plus ces erreurs choquent le bon sens, & moins elles ont de vray-sàmblance, plus ils les croyent, & plus ils taschent de les faire acroire aux autres. Car, Monsieur, quele aparànce y a-t'il de pouvoir acommoder tous les contes que l'on fait d'Odin Asiatique; & quel raport peuvent avoir des fables si fables, avec le siecle de Pompée, qui est un siecle si connu, & si historique.

XXXVI. Mais n'admirez vous pas ceux qui parlent des premiers fondateurs des Nations, ou des Grâns hommes de l'antiquité, & qui les font Geans. On diroit qu'ils parlent de quelques Loûs, que l'on fait toujours plus grâns qu'ils ne sont. Hercule à ce qu'on dit, estoit trois fois plus grand que les autres hommes. Virgile fait Enée & Turne, hauts comme des montagnes. *Quantus Athos, aut quantus Erix.* Le mesme compare Pandarus, & Bitias, à deux grâns chesnes. Tous les Portraits, & toutes les statuës qui se voyent de Charlemagne, dans les Tàmples des Alemâns, sont beaucoup plus grandes que l'ordinaire des hommes. Et j'ay veu un Roland élevé en colosse de bois, au milieu de la place de Breme, de la hauteur d'une Pique. Saxo Grammaticus a fait ses premiers Danois, Geans. Joannes, & Olaus Magnus, freres, & Historiens Suedois, ont fait leurs premiers Suedois, Geans. Angrimus Jonas Islandois, a fait ses premiers Islandois Geans. Il dit que, *Got*, signifie, *Geant.* Et que les premiers Gots estoient Geans. Et parce que les premiers Geans, dont la Bible parle depuis le deluge, sont les Geans Cananeens, que Josué défit, & chassa de la Terre Sainte: Il veut que ces Geans se soient retirez dans les païs froids du Septàntrion; parce qu'il faisoit trop chaud pour eux dans la Palestine.

XXXVII. Les deux freres Suedois, & qui ont esté l'un apres l'autre Archevesques d'Upsal, vont plus avant qu'Angrimus Jonas; & déterminent, que les premiers Suedois sont dessàndus des enfans de Jafet. Ils pretàndent mesme avoir demontré que la ville d'Upsal a esté bastie du temps d'Abraham. Je m'estonne qu'Angrimus Jonas ne les ait suivis; & qu'il n'ait fait sortir les premiers habitans de son Isle, de la mesme tige de Jafet. Et cela avec d'autant plus de vraysàmblance, qu'il est escrit des enfans de Jafet au chap. 10. de la Genese. *Ab his divisæ sunt Insulæ gentium, in regionibus suis, unusquisque secundum linguam suam, & familias suas, in nationibus suis.* Car l'opinion estant receüe & ortodoxe, que les enfans de Noé ont repeuplé le monde apres le deluge, & que les enfans de Jafet ont particulierement repeuplé toutes les Isles du monde; Angrimus pouvoit dire avec plus de certitude des premiers habitans de son Isle, ce que Joannes & Olaus Magnus, avoient dit des premiers habitans de la Suede: & les faire sortir sans hesiter, de la branche de Jafet, puis que la Genese autorisoit plus fortement sa conjecture pour son Isle, qu'elle n'autorisoit cele des Suedois pour leur terre ferme. Et il s'ensuivroit de cela aussi, que l'Islande auroit peu estre habitée long temps devant la venüe des Geans Cananeens, dans le païs du Nort.

XXXVIII. A vous dire ce que je pànse de ceux qui recherchent trop exactement, quels ont esté les premiers hommes qui ont repeuplé le monde apres le deluge: Je croy, Monsieur, que leur curiosité est vaine & inutile, parce qu'on ne le peut savoir: & que toute sorte d'histoire nous manquant pour cela, ce que l'on en peut dire, n'est fondé que sur des conjectures, ou sur le raport de quelque Cronique, fabuleuse, ou historique, mal conceüe, & plus mal expliquée. En quoy je ne pretàns pas contredire le seul M. Angrimus, que j'honore, & que j'estime infiniment. Le vice est general. Il n'est pas le premier qui a fait sortir les premiers hommes du Nort, des Geans Cananeens. Et ce qui l'a d'autant plus engagé dans cete erreur, sur l'opinion receüe; est, qu'il a creu avoir trouvé quelques mots Islandois, qui avoient du raport avec quelques mots de la langue Hebraïque, que l'on a apelée, *le langage de Canaan*, depuis que les Juifs se ràndirent maîtres de la terre promise, & qu'ils en chasserent les Geans Cananeens. Mais le bon homme n'a pas consideré, que ces Geans ne parloient pas Hebreu, que l'Hebreu leur estoit estranger: Et qu'ils n'ont peu porter dans le Septàntrion, quand mesme ils l'auroient habité, l'usage d'une langue, qu'ils n'entàndoient, & qu'ils ne parloient pas.

XXXIX. Ce que je dis vous fera remarquer de sàmblables béveües, dans les escrits de quelques savàns hommes, & grâns Critiques de nostre siecle, qui ont cherché l'origine des premiers peuples, dans l'origine, ou dans l'etimologie de certains mots, Alemâns, ou Hebreux, qu'ils ont creu avoir quelque raport, ou avec le langage, ou avec les noms de ces mesmes peuples. M. Grotius a escrit dans la dissertation qu'il a faite de l'origine des peuples de l'Amerique, que les Americains ont esté Alemâns d'origine; par cete raison, qu'ils ont beaucoup des mots, qui finissent en *lan*: & que *land*, est un mot Alemân. Et parce qu'il y a des peuples dans l'Amerique, que l'on apele *Alavardes*; que M. Laet dit avoir esté ainsi apelez, d'un Capitaine Espagnol, nommé *Alvarado*, qui les conquit. M. Grotius asseure, que les Americains *Alavardes*, ont esté originaires Lombards, & qu'ils ont esté apelez, *Alavardes*, de Lombards qu'ils estoient, par la mesme corruption de langage, à ce qu'il dit, que les François d'aujourd'huy apelent *Halebardes*, les armes des Lombards, que les anciens François apeloient, *Lombardes*.

XXXX. C'est sur de pareilles origines, & sur de sàmblables conjectures, que M. Bochard, non moins savant que M. Grotius, a composé le docte livre qu'il a fait, & qu'il a intitulé, *Phaleg*, parce qu'il contient le partage, & les premieres habitations de toutes les terres du monde. Et je ne puis assez admirer la subtilité de son esprit, dans la connoissance qu'il a des langues Oriàntales, d'avoir trouvé dans la langue Hebraïque, l'interpretation des vers Cartaginois qui se lisent dans le Pœnulus de Plaute. Mais quoy que ses conjectures soient fort ingenieuses, je ne saurois croire que ce Cartaginois ait esté de l'hebreu. La raison est, que Didon qui a basti Cartage, estoit Feniciene: Que le langage Fenicien a esté diferànt de l'Hebraïque; & qu'il ne se peut que le Cartaginois que l'on parloit du temps de Plaute, ait esté, je ne dis pas de l'Hebreu, diferànt du Fenicien; mais que ç'ait esté le mesme Fenicien, que l'on parloit du temps de Didon. M. Samuel Petit autre savânt homme, & grand Critique, avoit trouvé avant M. Bochard, une autre explication de Plaute, dans la mesme Comedie, & d'autres paroles que celes de M. Bochard. Ce qui me fait croire qu'un troisiesme intelligent comme eux dans la langue Hebraïque, trouveroit s'il vouloit, un troisiesme sens dans le mesme Cartaginois de Plaute, par des transpositions de letres, & de poincts, dont ces Messieurs se sont servis, & que l'usage permet aux Critiques de la langue Hebraïque; a qui l'on fait dire, comme a des cloches, tout ce que l'on veut, par une sàmblable liçànce.

XXXXI. Vous excuserez, Monsieur, la digression que j'ay faite, parce que je ne l'ay pas creüe esloignée de mon sujet. Et que le bon homme, Angrimus dans l'etimologie qu'il a cherchée de quelques mots Islandois chez les Hebreux, a suivi une erreur ordinaire aux Doctes comme luy. Il n'en doit pas estre creu, non plus que les autres; puis qu'il n'est rien de si trompeur, ni de moins solide, que des conjectures fondées sur de sàmblables etimologies.

XXXXII. Je croyois qu'Angrimus Jonas feroit sortir ses premiers Islandois des mesmes Geans Cananeens, qui avoient peuplé selon luy-mesme, toutes les contrées du Nort. Mais il n'a pas voulu que l'Islande ait esté habitée de ce temps-là. Ce qu'il en a dit est curieux, & merite de vous estre escrit. Il dit que l'Islande a esté premierement descouverte par un Naddocus, qui aloit aux Isles de Fare, & fut jeté par la tàmpeste à la côste Oriàntale de l'Islande, qu'il nomma, *Snelande*, à cause des hautes neges qu'il y trouva. Mais Naddocus ne s'y arresta pas. Le second qui la descouvrit, fut un Suedois nommé Gardarus, qui ala chercher cete Isle, sur ce qu'il en avoit oüy dire à Naddocus, & l'ayant trouvée en l'an 864. y passa l'Hyver, & apela l'Isle *Gardarsholm*: c'est à dire, l'Isle de Gardarus. Le troisiesme qui la descouvrit, fut un Pirate renommé, de Norvege, nommé *Flocco*, qui se servit d'une invàntion tres-bele, pour trouver cete Isle, sur le raport qui luy en avoit esté fait. On ne savoit encore en ce temps-là quoy que ce soit de l'aiguille aimantée, ni de l'usage du compas. Et comme il aloit d'une Isle à une autre, sans descouvrir cele qu'il cherchoit. Il prit trois Corbeaux, en partant de l'Isle de Hetland, une des Orcades; & en lascha un, lors qu'il crût estre bien avant en mer. Mais il connut qu'il n'estoit pas si esloigné de terre qu'il pànsoit, parce que le Corbeau reprit la route de Hetland, & s'y envola. Il poussa plus avant dans la mer, & lascha le second Corbeau, qui roda de tous costez, & ne voyant pas de terre retourna dans le vaisseau. Il ne fut pas trompé au troisiesme Corbeau, qui descouvrit l'Isle, & fondit dessus. Flocco l'ayant suivy des yeux & des voiles; car il avoit le vànt favorable; aborda heureusement à la partie Oriàntale de Gardarsholm, où il passa l'Hyver; & le Printemps venu, se voyant assiegé des glaces, que les Islandois apelent Groenlandiques, il donna le nom *d'Islande*, à cete Isle, qui signifie le païs des glaces. Et ce troisiesme nom luy est demeuré. Flocco passa un autre hyver dans la partie Meridionale de l'Islande; mais n'y ayant pas trouvé son conte, non plus qu'à l'Oriàntale, il retourna en Norvege, où il fut apellé, *Rafnafloke*: c'est à dire Flocco le Corbeau, à-cause des Corbeaux dont il s'estoit servy pour descouvrir l'Islande.

XXXXIII. Le premier fondateur des Islandois, est un Ingulfe, Baron de Norvege; qui se retira en Islande avec son beau-frere Hiorleifus, pour avoir tué deux freres des plus grâns Seigneurs de leur contrée. Et comme c'estoit la coûtume des banis de Norvege, d'arracher les portes des maisons qu'ils laissoient en leurs païs, & de les emporter avec eux; Ingulfe estant à la veuë de l'Islande, jeta ses portes dans la mer, pour aborder où le hazard, & les flots, les pousseroient. Mais il arriva à un autre endroit, quoy qu'à la mesme partie Meridionale de l'Isle. Il ne trouva ses portes que trois ans apres.

Ce qui l'obligea à changer de demeure, & à s'arrester au lieu où ses portes s'estoient arrestées. Ingulfe & son beau-frere, visiterent premierement l'Islande, en l'an de Grace 870. Et ne l'habiterent que quatre ans apres, en l'an 874. qui est l'Epoque determinée & definie, dans les Annales de l'Islande, pour la premiere habitation de cete Isle. Et les mesmes Annales asseurent, qu'Ingulfe trouva l'Islande *Inculte & deserte*, lors qu'il y arriva. On remarqua neanmoins, que quelques Mariniers Anglois, ou Irlandois, avoient mis autre fois pied à terre aux rivages de l'Isle, par quelques cloches, par quelques croix, & par quelques autres ouvrages faits à la mode d'Irlande & d'Angleterre, que l'on y avoit laissez, & quelques livres qui y furent trouvez. On demeure aussi d'acord, que les Irlandois avoient fait diverses dessàntes dans cete Isle, avant la venüe d'Ingulfe. Et leurs Annales raportent, que les anciens Islandois apeloient ces Irlandois, *Papas*. Et nommerent la partie Occidàntale de l'Islande, *Papey*, parce que les Irlandois avoient acoustumé d'y aborder, comme à la plus proche, & à la plus commode.

XXXXIV. Or, Monsieur, sur ce que les Annales d'Islande asseurent constamment, que l'Islande estoit *inculte & deserte*, lors qu'Ingulfe y arriva; Angrimus Jonas asseure fortement aussi, que l'Islande n'a jamais esté habitée avant ce temps-là. Et le bon homme s'emporte avec passion contre tous ceux qui disent le contraire. C'est un plaisir de lire ce qu'il a escrit dans son *Specimen Islandicum*, contre Pontanus, & contre les Auteurs que Pontanus a aleguez, pour prouver que l'Islande estoit l'anciene Thulé, de laquelle Virgile disoit à Auguste. *Tibi serviat ultima Thule*. Car dit-il, si nostre Islande estoit cete *ultima Thule*, elle auroit esté habitée au temps d'Auguste. Et que deviendroit la foy de nos Annales, qui asseurent qu'elle n'a esté habitée qu'au temps d'Ingulfe?

XXXXV. Mais je le prie de se ressouvenir de ce qu'il a luy mesme escrit, & que je viens d'aleguer; que des mariniers Irlandois avoient acoûtumé de metre pied à terre en Islande, avant la venüe d'Ingulfe, & que les anciens Islandois apeloient ces Irlandois, *Papas*. Je le prie de me dire, qui estoient ces anciens Islandois? J'acorde à Angrimus que l'Islande ne fut absolument Chrestiene, que quelques années apres la dessànte d'Ingulfe. Mais il ne peut pas nier, qu'il n'y eust en ce temps-là beaucoup de Chrestiens dans la contrée du Nort. Les Irlandois l'estoient. Et Ingulfe en trouva des marques, en arrivant à l'Isle. La Crimogée remarque, que le beau-frere mesme d'Ingulfe, qui aborda l'Islande avec luy, s'il n'estoit pas Chrestien, avoit des sàntimàns Chrestiens. Et il est certain que le Christianisme estoit en ce temps-là respàndu dans toutes les contrées du Septàntrion, & dans l'Islande nommément. Ce que je demontreray un peu plus bas. Or cela estant, quel temps veut donner Angrimus à ces Islandois payens, qui estoient si fort atachez à leurs ancienes Religions? & principalement à cele de leur Odin, par lequel ils juroient, & qu'ils apeloient le grand Protecteur Asiatique. Il est certain que de toutes les superstitions Payenes, les plus ancienes, sont les sacrifices des hommes; Et j'ay fait voir cy-dessus, qu'ils ont esté pratiquez avec grande devotion parmy les Islandois. Leurs Annales disent qu'en la partie Occidàntale de l'Islande, il y avoit un Cirque, au milieu duquel s'élevoit un grand Rocher, où ils escrasoient les hommes, & versoient le sang en sacrifice à leurs Idoles. Ces mesmes Annales remarquent, que cete coutume ayant esté abolie dans l'Islande, comme elle fut par tout ailleurs, le Rocher retint plusieurs siecles apres, la couleur rouge du sang humain qui y avoit esté respandu. Je demande à Angrimus: quel temps il veut donner à ces *Plusieurs siecles*, dont ses Annales mesmes font màntion? Et je luy demande, en quel temps ont esté invàntées les Fables de l'Edda, qui sont si ancienes, & si nées avec les Islandois, qu'elles ne sont presque point connües des autres peuples du Nort, & du tout point de toutes les autres Nations du monde.

XXXXVI. Adjoûtons à cela, Monsieur, que les Annales d'Islande, où se lisent les voyages de Naddocus, de Gardarus, & de Flocco, avant celuy d'Ingulfe, ne disent point que l'Islande estoit deserte lors qu'ils y arriverent. Flocco y a vescu deux ans entiers. Et il est à presumer qu'il y a vescu des commoditez qui se trouvoient dans un païs habité. Mais que dira Angrimus à ce qu'il a dit: Que les Islandois ont esté si curieux, qu'ils ont recueilly dans leurs Annales toutes les histoires des peuples de l'Europe: Et pour me servir de ses propres termes; Qu'ils ont esté, *Ad totius Europæ res historicas Lyncei.* C'est ce qu'Herodote & Platon ont escrit des Egyptiens: Qu'ils avoient dans leurs Biblioteques les ancienes Histoires de toutes les contrées du monde; Et que c'estoit par cela mesme que les Egyptiens pretàndoient prouver l'antiquité prodigieuse de leur nation. Pour autoriser ce qu'Angrimus a dit de ses Islandois; je vous diray à ce propos, que le Docteur Vormius a une copie Islandoise des Annales de la partie Occidàntale de l'Islande, qu'il m'a leüe & expliquée en divers endroits. J'y ay remarqué diverses histoires de Norvege, de Danemark, de l'Angleterre, des Orcades, & des Hebrides; & entr'autres, l'irruption des Normâns dans nostre Normandie, qui est sans date. Apres laquelle vient la dessànte d'Ingulfe dans l'Islande. D'où il s'ensuit, qu'il y avoit des Escrivains, & des Croniqueurs dans l'Islande, avant la venuë d'Ingulfe. Et que l'Islande estoit par consequant habitée avant ce temps-là.

XXXXVI. Je croy que les Annales d'Islande qui font màntion d'Ingulfe, & que cite Angrimus, sont veritables. Je croy qu'Ingulfe n'est venu en Islande qu'en l'an de Grace 874. Et il s'est peu faire que les endroits de l'Isle Meridionale où il aborda estoient inhabitez, ou par quelque grande mortalité, ou parce que des Pirates en avoient exterminé les habitans: Mais il ne s'ensuit pas de là, que toute l'Isle fust inhabitée. Il est certain qu'Ingulfe seul ne l'a pas peuplée. Car les Annales mesmes d'Islande asseurent, que diverses Nations voisines & Meridionales, en ont peuplé diverses parties. Entre lesquels Angrimus specifie un habitant des Hebrides nommé *Kalmannus*, & dit expressément, que ce fut le premier qui s'arresta à la partie Occidantale de l'Islande. Il est remarcable, qu'Angrimus ne raporte aucune date de la venuë de Kalmannus, non plus que de quantité d'autres Irlandois, Escossois, & Orcades, qui ont habité les autres parties de nostre Isle. Et cecy me fait croire, qu'il faut distinguer les Annales de l'Islande, selon qu'elle a esté Payene, ou Chrestiene. Les Annales de l'Islande Chrestiene, se doivent pràndre à la venüe d'Ingulfe. Ce que l'Ere Chrestiene marque evidàmment, par l'an de Grace 874. Les Annales de l'Islande Payene, n'ont pas de date, & sont d'un temps indéfini.

XXXXVII. Cela posé, & entàndu de cete sorte, il n'est rien de si aisé que de concilier l'Islande Payene avec l'Islande Chrestiene, que d'acommoder les Annales de l'une avec les Annales de l'autre; que d'acorder Angrimus avec Angrimus mesme; & de l'acorder particulierement avec Pontanus, qui veut que l'Islande d'aujourd'huy soit la *Thule* des Anciens: & le prouve par quantité, d'autoritez, prises de divers Auteurs Grecs, & Latins; de l'Histoire d'Adam de Breme, qui a escrit en l'an de Grace 1067. de Saxo Grammaticus, qui l'a suivy de prés; d'Andreas Velleius, qui a traduit le Saxo en Danois, & qui a toujours pris dans sa traduction les *Tylenses* de Saxo, pour les Islandois d'aujourd'huy. Qu'Angrimus ne die pas qu'Adam de Breme a escrit des sotises dans son Histoire. Et cele-cy entr'autres. Que de son temps cete vieille tradition estoit receüe, qu'il y avoit en Islande des glaces si anciennes, & si seches, qu'elles bruloient quand on les jettoit dans le feu, comme le charbon que les Flamans apelent *Hoüille*. Il ne s'agit pas icy de la sotise simplement. Il n'est question que de l'antiquité de la sotise, & du temps qu'elle a este creüe. Car plus la sotise est grande, plus nous devons presumer que le temps est vieil, qui l'a mise en credit. Et cele-cy nous oblige d'autant plus à croire, que l'Islande estoit connüe de toute ancieneté. Angrimus dira que les Auteurs Gres & Latins se seroient trompez en la situation precise de l'Isle de Thulé, s'ils l'avoient prise pour l'Islande. A quoy je respons, que les mesmes Auteurs ne se sont pas moins trompez dans la description de beaucoup d'autres endroits, dont eux & nous demeurons d'acord. Il n'est pas icy question de savoir, si ces Auteurs ont descrit precisément l'Islande, tele qu'elle a esté, ou qu'elle est maintenant: Mais si l'Islande qu'ils ont voulu descrire a esté cele dont il s'agit: Et si l'Islande qu'ils ont cherchée, a esté cele que nous avons.

XXXXVIII. Ce qui m'oblige d'autant plus à croire, que c'est la mesme dont nous parlons, est, que Casaubon le croit ainsi: Et qu'il a decidé dans les doctes Commàntaires qu'il a faits sur Strabon, que la Thulé de ce grand Geografe, est l'Islande d'aujourd'huy. La chose mesme autorise cete croyance: En ce que l'Islande est mise aujourd'huy, comme autre fois, par tous les Geografes, à l'extremité de l'Ocean Deucaledonien, ou d'Escosse, qui est le Britannique. Et que la Thulé des Anciens a esté creüe la derniere des Isles Britanniques. C'est une chose connüe de tous, que l'Escosse a esté apelée Caledoniene, du nom de la grande forest Caledoniene, de qui il ne reste maintenant que le nom, & pas un arbre dans toute l'Escosse. Seldenus a escrit, que les Escossois Septàntrionaux ont esté apelez, *Deucaledoniens*: C'est à dire en leur langue, noirs & sombres Caledoniens. Et c'est de là sans doute, que l'Ocean qui lave l'Escosse Septàntrionale, & ses Isles voisines, a esté apelé *Deucaledonien*; soit pour les ombres perpetueles qui couvrent cete mer, soit pour l'espaisseur de l'air qui la rànd pesante. A cause dequoy Pline l'a apelée, *Mare pigrum*. Et Adam de Breme, *Mare jecoreum, & pulmoneum*.

Parce que cete mer a de la pêne à s'émouvoir; & qu'elle ne court non plus que si elle estoit asmatique. C'est dans ce mesme sens que Plaute a dit d'un mauvais pieton, qu'il avoit des pieds pulmoniques.

Pedibus pulmoneis mihi advenisti.

XXXXIX. Angrimus se laisseroit persuader que l'Islande seroit la mesme que l'anciene Thulé, s'il pouvoit estre convaincu, que son Isle eust esté habitée avant la venüe d'Ingulfe. Et quoy que les preuves que j'en ay raportées le deussent plénement satisfaire; Je luy vay d'abondant faire voir, que l'Islande estoit habitée avant ce temps-là, par d'autres raisons bien pressantes. J'ay deux Croniques du Groenland en langage Danois. L'une est en vers, & l'autre en prose. La Cronique en vers commànce son Histoire par l'an de Grace, 770. que le Groenland fut descouvert. Et la Cronique en prose raporte, que celuy qui partit de Norvege pour aler en Groen-land, passa par l'Islande: Et marque expressément, que l'Islande estoit habitée en ce temps-là. D'où il s'ensuit, que l'Islande n'a pas commàncé d'estre habitée en l'an de Grace 874.

L. Angrimus dira, que ma Cronique Danoise ne s'acorde pas avec sa Cronique Islandoise, qui porte que le Groenland ne fut descouvert qu'en l'an de Grace, 982. ni habitée qu'en 986. Mais j'apuyeray ma Cronique Danoise de l'autorité d'Ansgarius, grand Prelat, & François de nation, que tout le monde Arctique reconnoit pour son premier Apostre. L'Empereur Louis le Debonnaire, le fit Archevesque de Hambourg: Et estàndit la jurisdiction de son Archevesché, par toutes les contrées du Nort, depuis l'Elbe, jusques à la mer glaciale, & au delà. Les Letres patàntes de l'Empereur, qui erigerent Hambourg en Archevesché, & qui firent Ansgarius Archevesque de Hambourg, sont de l'année 834. Elles furent con-firmées & ratifiées par le Pape Gregoire IV. l'année apres, 835. Pon-tanus raporte l'original des Letres patantes de l'Empereur, & de la Bulle du Pape, confirmative de ces Letres, dans le livre 4. & dans l'année 834. de son Histoire Danoise. Or il est dit expressément dans les Letres patantes. *Que la porte de l'Evangile avoit esté ouverte; Et que Jesus-Christ avoit esté annoncé dans l'Islande, & dans le Groenland*, dequoy l'Empereur rànd particulierement graces à Dieu, dans ces mesmes Letres.

LI. Ce qui prouve deux choses. L'une, que l'Islande estoit habitée & Chrestiene, avant l'année 834. & quarante ans avant cele de 874. qu'Ingulfe l'habita. L'autre, que le Groenland estoit habité, & Chrestien, avant la mesme année 834. Et se raporte avec ma Cronique Danoise, qui pose la descouverte du Groenland, en 770. Angrimus ne sachant que dire à cela, dit neanmoins, qu'il doute que la Bulle de Gregoire IV. aleguée par Pontanus, soit originale, & croit que ce n'est qu'une meschante copie. Il me permetra de luy repliquer; Qu'il n'a pas fait consister le veritable honneur de l'Islande, là où il le devoit poser. Il a creu qu'il estoit obligé à soutenir la verité pretàndüe de ses Annales. Et il auroit esté beaucoup plus avantageux pour luy, d'avoir renoncé à ses Annales, que d'avoir voulu oster à son Isle, qui est sa patrie, cete bele Couronne de vieillesse, qui a blanchy dans les glaces qui l'environnent depuis tant de siecles. Qui ne sait que le siecle d'Ingulfe estoit un siecle de barbarie pour les Letres? Les Gots ont esté acusez de l'avoir introduite en ce temps-là par toute l'Europe. Et les mesmes Gots ne se doivent pas scandaliser, si on leur dit, qu'elle estoit en ce temps-là chez eux, comme dans son Thrône. Qui me voudroit obliger à croire tout ce qui est escrit dans les Croniques d'un siecle si peu esclairé, me persuaderoit aussi aisément toutes les folies qui se lisent dans nos Romans, d'Oger le Danois, des quatre fils Aymon, & de l'Archevesque Turpin, qui sont, ou de ce mesme temps, ou qui n'en sont pas esloignez.

LII. Je souhaiterois, Monsieur, que vous eussiez leu les livres d'Angrimus Jonas, que je n'ay eu le moyen que de parcourir. Vous y remarqueriez sans doute, beaucoup de raisons que j'ay obmises, pour l'antiquité de l'Islande. Il vous sera aisé d'avoir le *Specimen Islandicum*, imprimé à Amsterdam, en 1643. Je ne say si la Crimogée sera si facile à recouvrer. Cele que j'ay leüe a esté imprimée à Hambourg, en 1609. Vous pràndrez plaisir de lire ces livres, si l'un & l'autre vous tombent en main. Et je vous y renvoye pour avoir une connoissance plus exacte de ce que je vous ay succinctement escrit: Qui est tout ce que j'ay peu apràndre de l'Islande, digne comme j'ay creu, de vous estre communiqué. Je vous envoyeray la Relation du Groenland, si vous me tesmoignez que cele-cy ne vous a pas esté desagreable. J'avoüe, Monsieur, que pour la presànter à une personne de la haute estime, & de la grande reputation que vostre vertu, & les livres excellàns que vous donnez tous les jours au public vous ont acquise, je devois aporter plus de soin que je n'ay employé à la polir. Mais je devois avoir aussi plus de temps, & plus de repos, que je n'ay eu pour cela. Souvenez vous je vous prie, que vous m'avez obligé d'entrepràndre cét Ouvrage; & que vous estes par cela mesme obligé d'en excuser les defauts. Faites moy l'honneur aussi de me croire,

MONSIEUR,

Vostre tres humbble & tres obeïssant serviteur La Peyrere.

Escrit la premiere fois, de Copenhague, le 18. Decembre, 1644.

PERMISSION
de Monsieur le Lieutenant Civil.

Il est permis à Thomas Jolly, & Louis Billaine, Marchands Libraires, d'imprimer la Relation de l'Islande: Composée par le Sieur La Peyrere. Fait ce 3. Septembre, 1663.

Signé, D'AUBRAY.

NOTES DU TRANSCRIPTEUR

On a conservé l'orthographe de l'original avec toutes ses particularités. On a cependant introduit la distinction entre u/v, et i/j, selon l'usage moderne. On a également résolu quelques abréviations par signes conventionnels (ex. "Comme" au lieu de "Cõme").

Les corrections suivantes ont été effectuées:

- dans ce commàncemànt ("commànmànt" dans l'original)
- où ie laisse ("oû")
- Ie le laisse à ("a")
- à l'honneur ("lhonneur")
- Filosofie ("Filosfie")
- partie Oriàntale de Gardarsholm ("Gadarslhom")
- qu'en la partie Occidàntale ("Occidentàle")
- le Docteur Vormius a vne copie ("à")
- ne l'a pas peuplée ("ne la")
- vn habitant ("ha//tant" sur un saut de page)
- qui laue l'Escosse ("qui l'aue")
- a esté apelé Deucaledonien ("Deucalodonien")
- profons ("profoñs")